Aluísio Cavalcante Jr.

O MENINO QUE COLECIONAVA ESTRELAS

1ª Edição, Fortaleza, 2019

CeNE
EDITORA

Copyright@2019 CeNE

Autor: Aluísio Cavalcante Jr.
↳ É a pessoa que escreveu a história

Editores: Edmilson Alves Júnior, Igor Alves, Irenice Martins
↳ São as pessoas que convidam o autor a fazer o livro

Preparador e Coordenador: Jordana Carneiro
↳ É a pessoa que arruma o texto que vai entrar no livro e coordena todos os processos da produção do livro

Revisoras: Kamile Girão, Rebecca Cunha
↳ São as pessoas que corrigem o texto

Projeto Gráfico e Diagramação: Diego Barros
↳ É a pessoa que coloca tudo no computador e faz o livro

Ilustrador: Guto de Oliveira
↳ É a pessoa que faz os desenhos

C376m	Cavalcante Junior, Aluísio.
	O menino que colecionava estrelas / Aluísio Cavalcante Junior – Fortaleza: CeNE, 2019.
	52p.; il. Color. 23x20,5cm.
	ISBN: 978-85-68941-30-0
	1. Literatura Infanto-Juvenil. 2. Literatura. 3. Moral. 4. Ética.
	I. Título. CDD 028.5

} Esta é a ficha catalográfica. É nela que a gente encontra as informações necessárias para localizar um livro. Quem usa bastante a ficha catalográfica são os livreiros e os bibliotecários, para organizar os livros

Dados Internacionais de Catalogação na Publicação Rafaela Pereira de Carvalho CRB - 1506

O MENINO QUE COLECIONAVA ESTRELAS

Para Necy Cavalcante, que me ensinou
a ver estrelas em noites de chuva...

Para todos os que possuem a ousadia
de colecionar estrelas...

Era uma vez um menino que
gostava de colecionar estrelas.
Todas as noites, perto da hora de
dormir, ficava na janela de seu quarto
contemplando o céu.

Então, começava a brincar
com as estrelas, dizendo:
"Gosto tanto do teu brilho,
Estrelinha, estrelinha...
Pisca, pisca para mim...
Se quiseres, serás minha..."

Observando entre as infinitas estrelas que enfeitavam o céu, o menino percebia facilmente as que piscavam para ele.

Apenas uma era a escolhida, pois o menino achava que se escolhesse mais de uma, outras crianças ficariam sem estrelas e não sentiriam a alegria que ele sentia a cada anoitecer.

Depois de escolhida a estrela, o menino começava a brincar com ela, juntando-a às outras que já possuía, fazendo desenhos imaginários por horas e horas seguidas.

Quando estava já quase vencido pelo sono, o menino se despedia alegremente de suas estrelas. Porém, antes de adormecer, encontrava uma forma de cobri-las uma a uma com uma nuvem aconchegante, para que ficassem protegidas durante toda a noite e não sentissem frio durante a madrugada. E, também, para que entendessem o quanto ele gostava de cada uma delas, com o seu brilho belo e singular, (pois o menino conseguia perceber cada detalhe de suas estrelas, amando-as com as suas muitas diferenças).

E, enquanto adormecia, pensava nelas, imaginando o maravilhoso momento do reencontro.

À medida que o menino crescia, passava também a colecionar outras coisas.

Um dia, começou a colecionar palavras.

Havia uma caixinha cuidadosamente preparada por ele, onde gostava de guardar as palavras que mais amava. Quando a palavra conversava com ele, (pois palavras conversam com as pessoas, apenas precisa-se aprender a ouvi-las) palavra e menino se transformavam em histórias que inspiravam aventuras, amizades e sorrisos.

Algumas palavras que o menino guardava:

Amor.

Com ela, o menino aprendia a amar, a proteger e a cuidar dos que passavam por sua vida. A guardar as pessoas no seu coração. A sempre ter tempo para o sorriso e o abraço.

Amizade.

Com ela, o menino entendia o valor dos amigos e amigas que o rodeavam. Que brincavam com ele na escola ou na rua onde morava. Que inventavam as mais fantásticas brincadeiras. Que se preocupavam quando ele estava triste. Que sorriam quando ele também sorria. Que faziam com que o dia seguinte fosse ansiosamente desejado.

Solidariedade.

Com ela, o menino entendia as dificuldades dos outros, suas necessidades e sofrimentos. Então, buscava formas de tornar a vida dessas pessoas melhor, pois aprendera que a felicidade só poderia ser plena quando construída de forma solidária e coletiva.

Respeito.

Com ela, o menino entendia que cada pessoa era diferente da outra, mas que essas diferenças não eram motivo de confronto, e sim de aprendizado. E pensava que muitos dos problemas que existiam no mundo deviam-se à falta de respeito aos valores e convicções de cada pessoa que habitava o mundo.

Planeta.

Palavra que, para o menino, representava a sua casa e, também, a de todas as espécies. Por isso, era preciso que todos aprendessem e, em seguida, ensinassem como cuidar deste lugar. Como cuidar dos rios que forneciam a água. Como cuidar da terra de onde se tiravam os alimentos.
Como cuidar das florestas onde viviam os animais. Proteger o planeta significava, para ele, cuidar da casa de muitas outras crianças, animais e vegetais que o habitavam ou que um dia o habitariam.

E havia muitas outras palavras em sua coleção. Algumas tristes, outras alegres. Mas, para o menino, toda palavra tinha uma importância e um sentido especial.

O menino cresceu. Tornou-se adulto. Enquanto crescia, continuara a fazer muitas outras coleções. Coleções de carrinhos e aviões de brinquedo. Coleções de livros. Coleções de figurinhas. Coleções de ímãs de geladeira.

39

40

Mas, entre tantas coleções, a que ele mais gostava era da coleção de fotografias. Nelas estavam as lembranças de muitos momentos bonitos. Um nascer do sol em uma manhã de domingo.
Um pássaro voando em um céu azul.
Uma praia de ondas calmas. Um dia de chuva. Uma noite de lua cheia.

As fotos que ele mais gostava, no entanto, eram as de pessoas. Nessas fotos sempre se lembrava de quem amava. Do beijo de mãe. Da proteção de pai. Do abraço de irmão ou irmã. Do passeio com amigos. Da viagem a um lugar especial. Dos momentos em que estava ao lado de sua família e ao lado das pessoas que lhe eram preciosas.

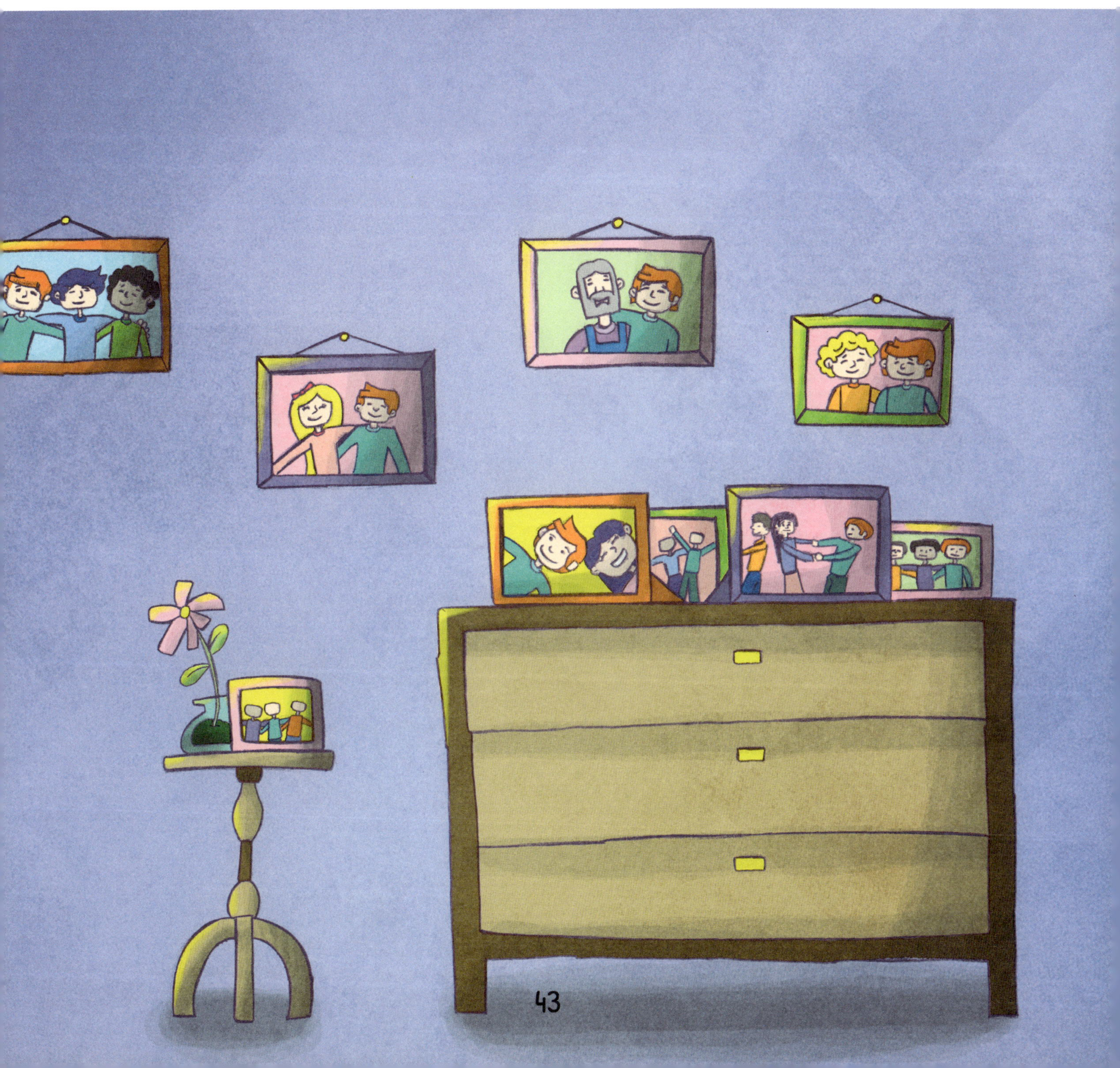

E, assim, todas as noites antes de adormecer, transformava com a sua imaginação as fotografias das pessoas amadas em estrelas. Depois, colocava-as no céu para enfeitar a noite com seu brilho. Em seguida, conversava com elas. Ria dos momentos vividos. Sentia saudade e vontade de abraçar cada uma delas demoradamente.

45

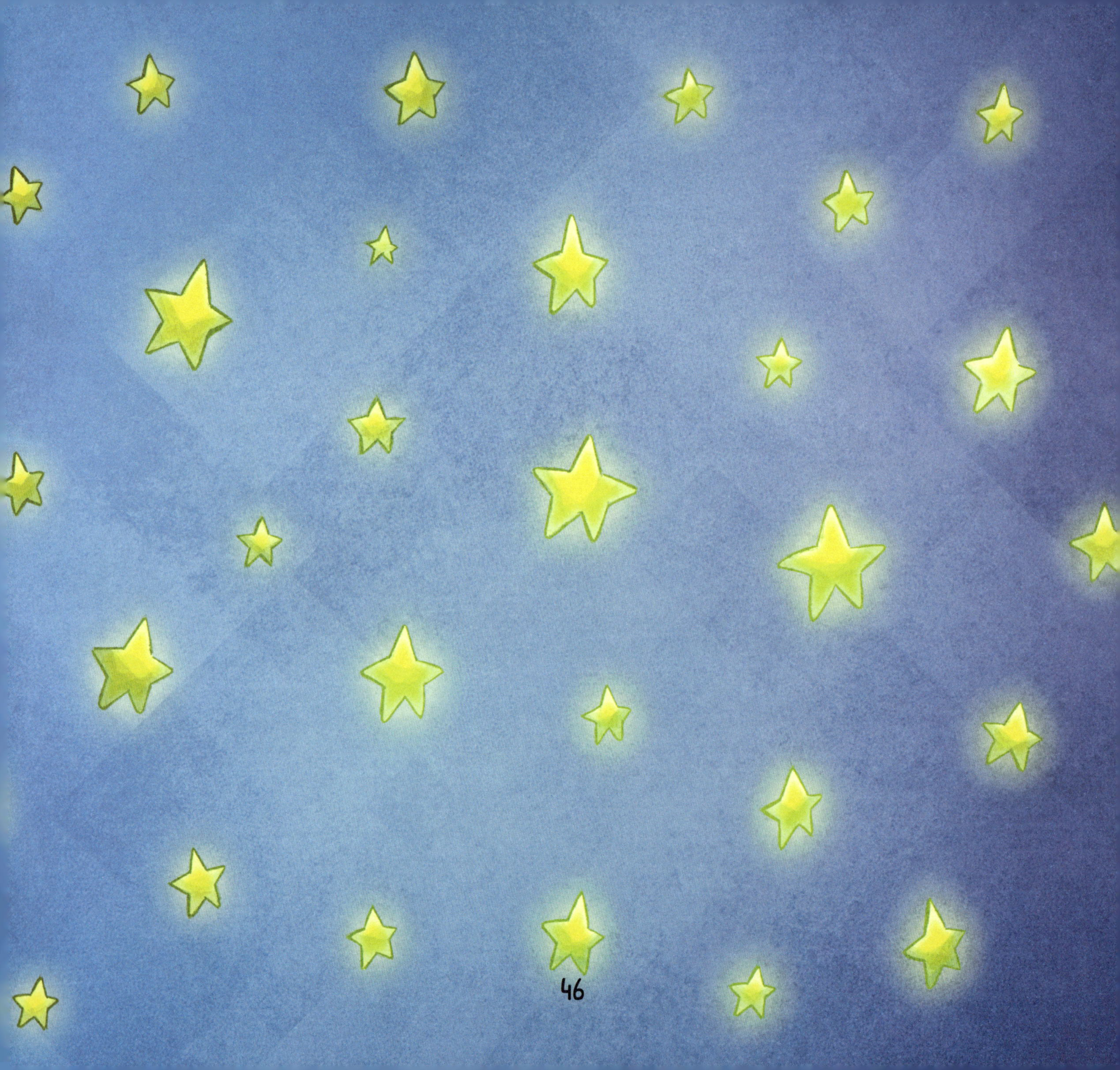

Pois, aprendera com o tempo que as estrelas são lembranças das pessoas amadas, que cuidadosamente colocamos nos céus das nossas existências para fazermos nossas vidas mais bonitas, para nos inspirarem e nos protegerem a cada anoitecer.

Para todas as pessoas que achavam que os seus pensamentos eram loucura, o menino, agora crescido, amorosamente as corrigia. Segurando-as gentilmente pelo braço e olhando-as, pacientemente, nos olhos com ternura, explicava que o nome correto para os seus pensamentos era FELICIDADE.
E perguntava, em seguida, a cada uma delas:
– Você já possui a sua coleção de estrelas?

49

O autor

Aluísio Cavalcante Jr.

Aluísio Cavalcante Jr, é poeta, escritor e professor de química em Fortaleza. Traz em sua alma a poesia com a qual se veste de esperança.

Seu maior desejo é o de ser e se fazer inesquecível para os que estão presentes em sua vida.
Publica seus textos em:
www.facebook.com/aluisiocavalcantejr
www.facebook.com/coracaodeprofessor/

O ilustrador

Guto de Oliveira

Guto de Oliveira é um artista, residente em Curitiba no estado do Paraná. Ilustração é a sua paixão e vocação, combustível que dá vida às suas criações. Tem nos olhos a sensibilidade de uma criança, que busca enxergar o mundo como se fosse a primeira vez, surpreendente e inexplorado.

Possui trabalhos publicados no site: www.gutodeoliveira.com.br

Este livro foi impresso em papel offset 90g/m²,
capa em papel duo design 250g/m² com acabamento
em BOPP fosco, UV localizado e lombada quadrada.
Produzido no mês de Outubro de 2019, na Gráfica
Pouchain Ramos LTDA, Centro, Fortaleza, Brasil.